Vente du 10 Avril 1907, (Hôtel Drouot)

CATALOGUE

DE LA

BIBLIOTHÈQUE

de feu M. A. L.

MEMBRE DE LA SOCIÉTÉ DES AMIS DES LIVRES

PREMIÈRE PARTIE

OUVRAGES RARES ET CURIEUX, ANCIENS ET MODERNE

LIVRES ILLUSTRÉS DES XVIII· ET XIX· SIÈCLES

RICHES RELIURES ANCIENNES ET MODERNES

Suivie du

CATALOGUE

DES OBJETS DE CURIOSITÉ

TABLEAU — FAIENCES ET PORCELAINES

OBJETS DIVERS — MEUBLES ANCIENS

Réunis par le même Amateur

PARIS

ÉM. PAUL ET FILS ET GUILLEMIN

Libraires de la Bibliothèque Nationale

28, RUE DES BONS-ENFANTS, 28

—

1907

CATALOGUE

DE LA

BIBLIOTHÈQUE

de feu M. A. L.

LA VENTE AURA LIEU

Le Mercredi 10 Avril 1907, à 2 heures du soir

A L'HOTEL DES COMMISSAIRES-PRISEURS, 9, RUE DROUOT

SALLE N° 10

Par le ministère de Me **MAURICE DELESTRE**

Commissaire-Priseur

5, RUE SAINT-GEORGES, 5

Assisté de **MM. ÉM. PAUL et FILS et GUILLEMIN**

28, RUE DES BONS-ENFANTS, 28

Pour les Livres

MM. PAULME et **B. LASQUIN FILS**

10, RUE CHAUCHAT, 10 | 12, RUE LAFFITTE, 12

Pour les Objets de curiosité

EXPOSITION PARTICULIÈRE

Les Lundi 8 et Mardi 9 Avril 1907

A LA LIBRAIRIE ÉM. PAUL et FILS et GUILLEMIN

28, RUE DES BONS-ENFANTS, 28

De 2 heures à 4 heures

Les Objets de curiosité seront en outre visibles le jour de la vente de 2 heures à 4 heures.

CONDITIONS DE LA VENTE

La vente se fait expressément au comptant.

Les adjudicataires paieront 10 pour cent en sus des enchères.

Les livres devront être collationnés dans les vingt-quatre heures de l'adjudication. Passé ce délai ils ne seront repris pour aucune cause.

Les experts chargés de la vente rempliront, aux conditions d'usage, les commissions des personnes qui ne pourraient y assister.

CATALOGUE

DE LA

BIBLIOTHÈQUE

de feu M. A. L.

MEMBRE DE LA SOCIÉTÉ DES AMIS DES LIVRES

PREMIÈRE PARTIE

OUVRAGES RARES ET CURIEUX, ANCIENS ET MODERNES

LIVRES ILLUSTRÉS DES XVIIIe ET XIXe SIÈCLES

RICHES RELIURES ANCIENNES ET MODERNES

Suivie du

CATALOGUE

DES OBJETS DE CURIOSITÉ

TABLEAU — FAIENCES ET PORCELAINES

OBJETS DIVERS — MEUBLES ANCIENS

Réunis par le même Amateur

PARIS

ÉM. PAUL ET FILS ET GUILLEMIN

Libraires de la Bibliothèque Nationale

28, RUE DES BONS-ENFANTS, 28

1907

CATALOGUE

DE LA

BIBLIOTHÈQUE

DE FEU M. A. L.

MEMBRE DE LA SOCIÉTÉ DES AMIS DES LIVRES

PREMIÈRE PARTIE

THÉOLOGIE. — JURISPRUDENCE
SCIENCES.

FFICE de la Semaine Sainte en latin et en françois à l'usage de Rome et de Paris, avec des Réflexions et Méditations, prières et instructions pour la Confession et Communion, dédié à la Reine pour l'usage de sa maison. *A Paris, chez la veuve Mazières et Garnier*, 1728, in-8, front. et fig. par J.-B. Scotin, mar. r. dos et plats ornés de riches

comp. dorés, doublé et gardes de papier doré,
tr. dor. (*Rel. anc.*)

Exemplaire aux armes de la reine MARIE LECZINSKA.
Le dos et les coins de la reliure sont un peu fatigués.

2. Antonii Perezii J. C. in Academia Lovaniensi
juris civilis antecessoris, Institutiones Impe-
riales, erotematibus distinctæ, atque ex ipsis
principiis regulisque juris, passim insertis,
explicatæ. Editio sexta. *Amsterodami, apud Lu-
dovicum Elzevirium,* 1647, fort vol. pet. in-12,
front. gr. mar. bleu à long grain, dos avec
ornem. sur fond sablé d'or, encadrem. sur les
plats, tr. dor. (*Simier.*)

PREMIÈRE ÉDITION elzevirienne (Willems. *Les Elzevier,*
N° 1053).

Exemplaire aux armes de lord Charles STUART DE ROTHESAY,
ambassadeur d'Angleterre à Paris, mort en 1845.

3. Réflexions ou Sentences et Maximes morales
de La Rochefoucauld. Textes de 1665 et de
1678 revus par Charles Royer. *Paris, Lemerre,*
1870, pet. in-12, portr. gr. à l'eau-forte, br.

De la *Petite Bibliothèque littéraire.*

Un des 50 exemplaires numérotés sur PAPIER DE CHINE
(n° 14), avec le portrait sur CHINE en double état : avec et
AVANT LA LETTRE.

4. **Les Caractères de La Bruyère**, avec dix-huit gravures à l'eau-forte, par V. Foulquier. *Tours, Mame*, 1867, gr. in-8, portr. et vignettes, demi-rel. mar. r. avec coins, tête dor. non rog. (*David.*)

Exemplaire sur GRAND PAPIER VERGÉ (n° 154).

5. **Traité de l'Éducation des filles et Dialogues sur l'éloquence**, par Fénelon, suivis de sa lettre à l'Académie française et précédés d'une introduction par M. Silvestre de Sacy. *Paris, Techener*, 1869, pet. in-8, mar. bleu, dos orné, 3 fil. dent. int. tr. dor. (*Cuzin.*)

Exemplaire sur PAPIER DE HOLLANDE.

6. **Conduite pour la Bien-séance civile et chrétienne.** Recueillies de plusieurs auteurs, pour les écoles du diocèse de Lyon. *A Lyon, chez D. Joseph Vialon*, 1749, in-16 de 93 pp., mar. bleu jans. dent. int. tr. dor. (*Chambolle-Duru.*)

Petit livre très rare, imprimé en caractères dits de *civilité*. Bel exemplaire, grand de marges.

7. **Aristippe, ou de la Cour**, par M. de Balzac. *A Amsterdam, chez Daniel Elzevier*, 1664, pet. in-12, titre-front. gr. par P. Philippe, mar. r. dos orné, 3 fil. doublé et gardes de moire cerise, dent. tr. dor. (*Auguste Petit.*)

8. RECUEIL DES MÉMOIRES ET CONFÉRENCES qui ont esté présentées à Monseigneur le Dauphin, pendant l'année M.DC.LXXII, par Jean-Baptiste Denis, conseiller et médecin ordinaire du Roy. *A Paris, chez Frédéric Léonard*, 1672, in-4, fig. sur cuivre, mar. r. dos orné, fil. tr. dor. (*Rel. anc.*).

Livre intéressant contenant les découvertes et les expériences les plus curieuses de l'époque dans le domaine des sciences et des arts.

Exemplaire aux armes et au chiffre du DUC DE MONTAUSIER et de la célèbre Julie D'ANGENNES, sa femme, pour laquelle fut exécuté le chef-d'œuvre du fameux calligraphe Nicolas Jarry, la *Guirlande de Julie*.

9. Connaissance des Tems ou des mouvemens célestes, à l'usage des astronomes et des navigateurs pour l'an 1819, publiée par le bureau des longitudes. *Paris, Mme Ve Courcier*, 1816, in-8, planche gr. et pliée, mar. r. à long grain, dos orné et fleurdelisé, dent. doublé et gardes de tabis bleu, tr. dor. (*Rel. de l'époque.*)

Exemplaire aux armes de la duchesse de BERRY et avec son *ex-libris*.

BEAUX-ARTS

I. DESSINS. — LITHOGRAPHIES

cole française, xviiie siècle. — Portrait d'homme, en buste. — Dessin au crayon, rehaussé de gouache (0,26 × 0,21). Encadré.

Beau portrait pouvant être attribué à Largillière.

11. Fragonard (Attribué à) : Femme nue, sur son lit, mettant ses bas. — Dessin in-4, en travers, sanguine et couleurs, portant dans le bas : *Fragonard, 1795* (Evariste Fragonard, fils d'Honoré?). — (0,17 × 0,24). Encadré.

12. MARIE-ANTOINETTE (Attribué à la Reine). ÉTUDE DE FLEURS (tulipes). — Gouache sur vélin (0,43 × 0,30).

Gouache d'une exécution fort remarquable et précieuse par les indications manuscrites qui l'accompagnent et qui permettent de l'attribuer avec quelque vraisemblance à l'infortunée Marie-Antoinette. Elle porte dans le bas à droite : PINXIT M^{io} ANT^{uc} et au verso la mention *manuscrite* suivante : CE DESSIN A ÉTÉ DONNÉ PAR LA REINE A M^e LA PRINCESSE DE LAMBALE (*sic*) ET A ÉTÉ ADJUGÉ A LA VENTE DE M. LE COMTE DE BEAULIEU. L'YDENTITÉ DE LA SIGNATURE A ÉTÉ RECONNUE.

13. Montessus (l'abbé de). Curieux DESSIN à la sanguine, in-8, en travers, portant dans le bas : *M-S f. 1776.* — *Inventé et fait par l'abbé Demontessus. Petit concert dans le goût de Hemsker* (0,11 × 0,19). Encadré.

---

14. LA CARICATURE, journal fondé et dirigé par M. Ch. Philipon. *Paris, 1 novembre 1830 au 27 août 1835,* 10 vol. in-4, texte à 2 col. pl. lithog. en noir et *en couleur,* demi-rel. bas. r. dos orné.

Exemplaire comprenant les 251 numéros avec 526 planches y compris les planches 45 *bis,* 56 *bis* et 133 *bis.* La planche n° 1, *Une Victime de l'ancien système,* est remplacée par la pl. *en couleur* d'Henry Monnier, *Un inamovible,* publiée dans le n° spécimen du journal.

La planche 19, que M. Vicaire signale comme manquant à presque tous les exemplaires, ne se trouve pas dans le nôtre ainsi que la pl. 132 *bis*; nous n'avons également pas les 2 pp. de supplément des n°s 55 et 56. Par contre, le n° 109 contient une pl. *en couleur* de Grandville et Forest, *Bascule politique,* qui ne fait pas partie de l'ouvrage.

15. DAUMIER et PHILIPON. Caricaturana. *Paris, Aubert et Junca, s. d.* (1836-1838). Suite de 22 pl. lithog. (sur 100), gr. in-4.

> Suite très rare, plus connue sous le nom de *Robert Macaire.*
>
> Épreuves coloriées des pl. 7 à 9, 16, 17, 19, 25, 29, 31, 37, 42, 46, 56, 59, 62, 64, 65, 67, 69, 70, 71, 96.

16. Les Lorettes, par Gavarni. *Paris, Aubert et Cie, s. d.* — Album in-fol. de 79 planches, cart. toile.

> Suite rare et recherchée.
>
> Exemplaire avec les épreuves coloriées à l'époque et contenant à la fin un catalogue d'Aubert, 8 pp. in-4.

II. ESTAMPES, RECUEILS DE GRAVURES

17. Drevet : L'Annonciation à la Vierge; l'Adoration des bergers. — Ens. 2 estampes, gr. in-8, dont les personnages ont été *habillés d'étoffes de soie brodées d'or et d'argent.* — Encadrées.

18. EAUX-FORTES et gravures des Maîtres anciens tirées des Collections les plus célèbres et reproduites à l'héliogravure. *Paris, Amand-Durand, Goupil et C* , 1870-1881, 10 vol. in-fol.

(sans titres ni texte) en 40 livraisons de 10 planches chacune, *couvertures*.

Collection de 400 eaux-fortes tirées sur papier de Hollande
et fixées sur ff. de papier bristol, gr. in-fol., on y trouve les
pièces les plus rares des grands maîtres : Rembrandt, Lu-
cas de Leyde, Martin Schongauer, Ruysdael, Albert Durer,
Marc-Antoine, Mantegna, Van Berghem, Claude le Lor-
rain, etc., etc.

19. LEPRINCE (d'après) : *The Welcome Necos*; *The
Pleasures of solitude.* — Ens. 2 pièces pet. in-4,
gravées par L. Marin (Bonnet), IMPRIMÉES EN
COULEUR. — Encadrées.

20. NOEL (A Paris chez) : *Histoire de Cendrillon.*
— Ens. 4 pièces in-4, en travers, IMPRIMÉES EN
COULEUR. — Encadrées.

21. RÉVOLUTION : *Grands envoyés extraordinaires de
leurs Majestés les Jacobins pour le blanchissage
de Jourdans, et son armée, leurs confraires;* —
L'Expirante Targinette. — Ens. 2 pièces in-4,
en travers, la première gravée à la manière du
lavis, la seconde à l'aquatinte. — Encadrées.

22. UNIFORMES MILITAIRES, ou se trouvent gravés en taille-douce les uniformes de la Maison
du Roy, de tous les régiments de France, les
drapeaux, étendards et guidons, avec la datte
de leur création et les différentes figures de

l'exercice tant de la cavalerie que de l'infanterie,
dessiné et gravé par le sieur de Montigny. *Se
vend à Paris, chez l'auteur,* 1772, in-12, fig.
mar. fauve à long grain, dos orné, fil. tr. dor.
(*Rel. anc.*)

Très bel exemplaire d'un livre extrêmement rare orné de
figures COLORIÉES, très recherché, et de la plus grande impor-
tance non seulement pour les costumes et la représentation
des drapeaux, étendards et guidons de la maison du Roi et
de tous les régiments d'infanterie et de cavalerie, mais
encore pour les divers maniements d'armes de l'infanterie,
l'escrime, les principaux mouvements, cabrioles et allures
du cheval, etc. — Le volume se compose de 5 pp. de texte
gravés au recto, comprenant un titre, un avertissement et
une table, et de 175 planches dont 4 non ch. en tête.
170 chiff. 1 à 169 (la pl. 141 est ch. par erreur 140) et une pl.
non ch. à la fin pour les couleurs et métaux.

La planche N° 52 est un peu plus courte que les autres.

23. VIGNETTES pour l'Histoire du Languedoc. *A
Paris, chez la V⁰ de F. Chereau, s. d.* in-4 obl.
53 pl. y compris le titre-front.par Cazes, Hum-
blot, Rétout, gr. par C. N. Cochin et Tardieu,
cuir de R. dos orné, comp. de fil. et fleurs de
lis aux angles, tr. dor.

TIRAGE A PART sur papier fort des en-têtes qui ornent
l'Histoire générale du Languedoc, par dom Vaissette, 1730,
5 vol. in fol.

III. DIVERS

24. Histoire des Peintres de toutes les Écoles par MM. Charles Blanc, Paul Mantz, Auguste Demmin. *Paris, Renouard*, 1862-1876, 14 vol. gr. in-4, nombr. portr. et fig. dans le texte, demirel. chag. vert avec coins, dos orné, fil. tête dor.

25. Dictionnaire des Graveurs anciens et modernes, depuis l'origine de la gravure, par F. Basan, graveur. Seconde édition, mise par ordre alphabétique, considérablement augmentée et ornée de cinquante estampes par différents artistes célèbres, ou sans aucune, au gré de l'amateur. *A Paris, chez l'auteur, Cuchet, Prault*, 1789, 2 vol. in-8, front. et fig. v. vert ant. jaspé d'or, dos orné et mosaïqué de v. r. encadrem. doré sur les plats et dent. int. tr. dor.

Exemplaire contenant la planche *Le Rossignol* (II, p. 89) qui manque très souvent, et portant l'*ex-libris* armorié de M. Aubaret, conseiller du Roi.

26. Description des festes données par la ville de Paris à l'occasion du mariage de Madame Louise-Élisabeth de France et de Dom Philippe Infant et grand Amiral d'Espagne, les 29 et 30 août 1739. *Paris, Le Mercier*, 1740, gr. in-

fol. de 22 pp. et 13 pl. ou plans gr. et montés
sur onglets, mar. r. dos fleurdelisé, dent. et
fleurs de lis aux angles des plats, dent. int. tr.
dor. (*Rel. anc.*)

Important livre de fêtes parisiennes orné de 13 planches,
dont 8 doubles, dessinées par Blondel, Gabriel, Salley et Ser-
vandoni et gravées par Blondel.

Exemplaire aux armes de la VILLE DE PARIS.

---

27. MORCEAU DE MUSIQUE COPIÉ PAR JEAN-JACQUES
ROUSSEAU, 2 ff. in-4 obl. portant sur la première page : *Sonata a due Violini e Basso. —
Basso* et au bas de la 3e page : *C. 76. J.-J. R.
cop.*

BELLES-LETTRES

I. POÉSIE

ŒUVRES de Horace, traduction nouvelle par Leconte de Lisle, avec le texte latin. *Paris, Lemerre*, 1873, 2 vol, pet. in-12, front. gr. à l'eau forte, br.

De la *Petite Bibliothèque littéraire*.

Un des 35 exemplaires numérotés sur PAPIER DE CHINE (nº 14) avec le frontispice AVANT LA LETTRE sur CHINE en double état : en noir et *à la sanguine*.

29. L'Etna de P. Cornelius Severus et les Sentences de Publius Syrus, traduits en français avec des remarques, des dissertations critiques, historiques, géographiques, etc. et le texte latin de ces deux auteurs à côté de la traduction (par Jos. Accarias de Sérionne). *A Paris, chez Chaubert et Clousier*, 1736, in-12, mar. r. à long grain, dos orné, dent. tr. dor. (*Rel. anc.*)

30. Histoire maccaronique de Merlin Coccaie (Théophile Folengo), prototype de Rabelais, avec l'horrible bataille des mouches et des fourmis. *S. l.* (*Paris*), 1734, 2 vol. in-12, v. f. dos orné, fil. et comp. genre Du Seuil, dent. int. tr. dor. (*Lardière.*)

31. Collection des anciens Poëtes français, publiée par Coustelier. *A Paris, de l'Imprimerie d'Antoine-Urbain Coustelier*, 1723-1724, 10 vol. pet. in-8, mar. r. dos orné à petits fers, 3 fil. dent. int. tr. dor. (*Capé.*)

Collection complète.
Bel exemplaire.

32. Clément Marot. *A Lyon, par Jean de Tournes*, 1553, 2 parties en 1 vol. in-16, car. ronds, titres avec encadrements, vignettes sur bois, mar. La Vall. foncé, comp. en mosaïque de mar. brun avec ornem. dorés sur les dos et les plats, dent. int. tr. dor. (*Capé.*)

Bel exemplaire d'une édition extrêmement rare comprenant 13 ff. non ch. 597 et 314 pp. plus 1 f. non ch. ne contenant qu'un fleuron au v°.

33. Voyage de Messieurs Chapelle et Bachaumont. *A la Haye* (*Paris*), 1742, in-12, mar.

bleu, dos orné, comp. de fil. à fr. doublé et
gardes de soie bleue et blanche avec bouquets
de fleurs au centre, dent. tr. dor.

Les pp. 89 à 170 de cette édition comprenant les *Poésies
du chevalier d'Aceilly* (de Cailly).
Signature du chanoine *Maigret* sur le titre.

34. Œuvres de M. Boileau Despréaux. Nouvelle
édition, avec des éclaircissements historiques
donnés par lui-même, et rédigés par M. Bros-
sette; augmentée de plusieurs pièces, tant de
l'auteur, qu'aïant rapport à ses ouvrages; avec
des remarques et des dissertations critiques,
par M. de Saint-Marc. *A Paris, chez David et
Durand,* 1747, 5 vol. in-8. portr. par Daulé
d'après Rigaud, 6 fig. de Cochin, fleurons, vign.
et culs-de-lampe par Eisen, mar. r. dos orné,
fil. doublé et gardes de tabis bleu, dent. tr.
dor. (*Rel. anc.*)

Bel exemplaire de cette excellente édition, auquel on a
ajouté la suite des 6 figures de Moreau pour le *Lutrin.* A l'intérieur du premier plat de la reliure se trouve l'inscription
suivante, frappée en or : *Lenoir à Lyon.*

35. Fables de La Fontaine, publiées par D. Jouaust
avec une introduction par Saint-René Taillan-
dier; ornées de douze dessins originaux de
Bodmer, J.-L. Brown, F. Daubigny, Detaille,
Gérome, Leloir, E. Lévy, H. Lévy, Millet,
Ph. Rousseau, Stevens, Worms. Portrait gravé

par Flameng. *Paris, Libr. des Bibliophiles*, 1873.
2 vol. gr. in-8, portr. et fig. en héliogravure,
br. *couvertures*.

Édition dite des *Douze peintres*.
Un des 25 exemplaires numérotés sur PAPIER DE CHINE
(n° 22), avec les figures AVANT LA LETTRE.

36. CONTES ET NOUVELLES EN VERS, par
M. de La Fontaine. *Amsterdam (Paris)*, 1762,
2 vol. pet. in-8, portr. et fig. mar. r. dos orné,
3 fil. dent. int. tr. dor. dans un étui en chag. r.
doublé de peau de chamois. (*Capé.*)

Édition dite des *Fermiers généraux*, ornée de 2 portr. gr.
par Ficquet, de 2 fleurons sur les titres, de 2 vign. gr. par
Choffard, de 80 fig. par Eisen et de 53 culs-de-lampe gr. par
Choffard, chef-d'œuvre d'illustration de ces deux artistes.
Bel exemplaire auquel on a ajouté : le portrait de La Fontaine gravé par Ficquet, dit *au Ruisseau blanc*, contenant
la fable *Le Loup et l'Agneau* dans la tablette et un double du
portrait d'Eisen par le même artiste, en très belle épreuve. —
Les figures pour le *Cas de conscience* et pour le *Diable de
Papefiguière* sont découvertes; le portrait de Choffard est
avant les contre-tailles.

37. Contes et Nouvelles en vers par M. de La
Fontaine. *Paris, Barraud*, 1874, 2 vol. in-8,
2 portr. fig. vign. et culs-de-lampe en feuilles
dans deux cartons avec titres illustrés.

Réimpression de l'édition dite des *Fermiers-Généraux*.
Un des 100 exemplaires numérotés sur PAPIER DE CHINE
(n° 23).

38. Recueil des meilleurs contes en vers (par La
Fontaine, Voltaire, Vergier, Senecé, Perrault,
Moncrif, Ducerceau, Grécourt, Saint-Lambert,
Piron, Dorat, etc.). *A Londres*, (*Paris, Cazin*),
1778, 4 vol. in-18, portr. de La Fontaine et
vignettes, mar. citron, dos orné et mosaïqué
de mar. r. et vert. 3 fil. dent. int. tr. dor.
(*Brany.*)

Cet ouvrage, connu sous le nom de *Petits conteurs*, est
orné de ravissantes vignettes attribuées à Dreppe, à Duplessi-
Bertaux et à Durand, peintre en miniature du duc d'Orléans.

39. Le Joujou des Demoiselles, avec de nouvelles
gravures. *S. l. n. d.* (*Paris*, 1752), in-8, fig.
demi-rel. chag. r. avec coins, fil. tr. r.

Livre rare orné de 1 titre et 1 fig. par Eisen, gr. par Le
Mire, et de 51 planches avec de curieuses vignettes, quelques-
unes assez légères, placées en tête de poésies du genre
badin, dont le texte est gravé.
Plusieurs planches sont montées sur onglets.

40. LES BAISERS, PRÉCÉDÉS DU MOIS DE
MAI, poëme (par Dorat). *A La Haye, et se
trouve à Paris, chez Lambert et Delalain*, 1770,
in-8, titre rouge et noir, fig. v. ant. marb. dos
orné, petite dent. tr. dor.

Cet ouvrage, un des plus beaux du XVIIIᵉ siècle, est orné
de 1 titre-frontispice par Eisen, 1 fleuron sur le titre, 1 figure,
22 vignettes et 22 culs-de-lampe par Eisen et Marillier

(2 culs-de-lampe seulement sont par ce dernier). Cohen indique par erreur 23 vignettes.

Bel exemplaire sur PAPIER DE HOLLANDE, grand de marges, beau d'épreuves, suivi des *Imitations des poëtes latins*.

41. La Déclamation théâtrale, poëme didactique en quatre chants, précédé et suivi de quelques morceaux de prose (par Dorat). Quatrième édition. *A Paris, chez Delalain*, 1771, gr. in-8, front. et 4 fig. par Eisen, mar. r. dos orné, 3 fil. dent. int. tr. dor. (*Cuzin.*)

Très bel exemplaire, *relié sur brochure*.

42. FABLES NOUVELLES (par Dorat). *A La Haye, et se trouve à Paris, chez Delalain*, 1773, 2 tomes en 1 vol. in-8, fig. 2 front. 1 fig. 1 fleuron sur le titre, 99 vign. et 99 culs-de-lampe par Marillier, mar. bleu, dos orné, fil. dent. sur les plats et à l'intérieur, tr. dor. (*Cuzin.*)

Très bel exemplaire *à toutes marges* et sur PAPIER DE HOL-LANDE, de ce chef-d'œuvre de Marillier; il est *relié sur brochure* (nombreux témoins). Les plats de la reliure son décorés d'une large et riche dentelle faite à l'imitation de celles de Derome, dites *à l'oiseau*. — La figure de Marillier ne se trouve ici que dans le premier tome.

43. Idylles, par Mr Berquin. *S. l. n. d. (Paris, Ruault*, 1775), 2 tomes en 1 vol. in-16, front.

et 24 fig. par Marillier, mar. bleu, dos orné,
3 fil. dent. int. tr. dor. (*Cuzin.*)

Ouvrage orné de gracieuses figures de Marillier, très fine-
ment gravées par Gaucher, de Ghendt, etc.

Très bel exemplaire sur GRAND PAPIER, avec les figures
AVANT LES NUMÉROS.

44. Les Quatre Heures de la toilette des dames,
poème érotique en quatre chants... Par M. de
Favre. *Paris, Bastien*, 1779, gr. in-8, front.
4 fig. et 4 culs-de-lampe par Leclerc, mar.
r. dos orné, 3 fil. et bel encadrem. composé de
fil. droits et courbes, coupé de petits ornem.
sur les côtés, avec grande tige de rose aux
angles, dent. int. tr. dor. (*Cuzin.*)

Dans les deux derniers culs-de-lampe on remarque une
tête qu'on suppose être celle de l'infortunée princesse de
Lamballe.

Exemplaire sur PAPIER DE HOLLANDE, auquel il manque le
f. de dédicace orné d'une vignette contenant les armoiries
de la princesse de Lamballe. — Belle reliure de Cuzin.

45. La Pucelle d'Orléans, poème en vingt-un
chants, par Voltaire. Édition ornée de figures
par Duplessis Berthault. *A Londres (Paris,
Cazin)*, 1780, 2 tomes en 1 vol. gr. in-8, portr.
front. et vignettes, demi-rel. mar. bleu avec
coins, dos orné, fil. tête dor. non rog. (*Thomas.*)

Exemplaire sur GRAND PAPIER VÉLIN de la réimpression de
Paris, Leclère, 1864.

46. Tangu et Félime, poème en IV chants par
M. de La Harpe. *A Paris, chez Pissot,* 1780, in-8,
1 titre-front. et 4 fig. par Marillier, mar. r. dos
orné, 3 fil. dent. int. tr. dor. (*Cuzin.*)

Bel exemplaire à toutes marges, *relié sur brochure.*

47. La Pipe cassée, poème épitragipoissardihéroï-
comique (par J.-J. Vadé). *Paris, Leclère,* 1866,
in-8, fleuron sur le titre, 4 vign. et 4 culs-de-
lampe par Eisen, mar. bleu, dos orné, 3 fil.
bel encadrem. et grand milieu, doublé et gardes
de moire cerise, dent. tr. dor. (*Cuzin.*)

Édition tirée à 200 exemplaires aux frais et pour le compte
des souscripteurs.

Exemplaire sur PAPIER DE CHINE, avec les fleurons, vignettes
et culs-de-lampes tirés *à la sanguine* et couvert d'une très
belle reliure de Cuzin ornée sur le dos et les plats de riches
comp. à petits fers et au pointillé.

48. ŒUVRES POISSARDES DE J.-J. VADÉ, sui-
vies de celles de l'Écluse. *A Paris, chez Defer de
Maisonneuve, de l'Imprimerie de Didot le jeune,
l'an IV-1796,* in-4, pap. vélin, fig. mar. r. à
long grain, fil. tr. dor. (*Rel. anc.*)

Belle édition recherchée, tirée seulement à 300 exemplaires
et ornée de 4 estampes EN COULEUR par Monsiau, très intéressantes comme tableaux de mœurs.

49. Poésies de André Chénier. Édition critique.
Étude sur la vie et les œuvres d'André Chénier,
variantes, notes et commentaire, lexique et
index, par L. Becq de Fouquières. Édition
ornée d'un portrait d'André Chénier. *Paris,
Charpentier*, 1862, 2 vol. gr. in-8, portr. sur
Chine, mar. r. jans. doublé de mar. bleu à long
grain, gardes de moire cerise, tr. dor. (*Gruel.*)

Un des 200 exemplaires numérotés sur GRAND PAPIER DE
HOLLANDE (n° 194).

50. Almanach dédié aux Demoiselles (par Ch.
Malo). *Paris, Janet, s. d.* (1815), in-18, titre-front.
et 6 fig. gr. mar. r. à long grain, dos avec ornem. sur fond sablé d'or, bel encadrem. sur les
plats, tr. dor. (*Rel. de l'époque.*)

Recueil de poésies de divers auteurs.
Exemplaire de VAN DER HELLE, avec son *ex-libris*; charmante
reliure, très fraîche.

51. Poésies, par la Marquise de Bannes. *Paris,
Béthune et Plon*, 1843, in-8, chag. violet, dos
orné, encadrem. de fil. dorés et à fr. tr. dor.

52. Les Contes Rémois, par M. le Comte de C...
(Chevigné). Dessins de E. Meissonier. Troisième
édition. *Paris, Michel Lévy frères*, 1858, in-8,
portr. et fig. mar. vert, dos orné, encadrem.

composé de 7 fil. dont un au pointillé avec ornem. aux angles, dent. int. tr. dor. (*Cuzin.*)

Très bel exemplaire du PREMIER TIRAGE, *relié sur brochure*

II. THÉATRE

53. La Mère Coquette, ou les Amans broüillez, comédie (par Ph. Quinault). *A Paris, chez Estienne Loyson*, 1666, in-12, mar. r. fil. à fr. dent. int. tr. dor.

Bel exemplaire de l'ÉDITION ORIGINALE.

54. OEUVRES COMPLÈTES DE J. RACINE, avec les notes de tous les commentateurs. Édition publiée par L. Aimé-Martin. *Paris, Lefèvre*, 1820, 6 vol. gr. in-8, front. et 12 fig. par Prudhon, Gérard, Girodet, Desenne, etc., v. r. dos orné, comp. dorés et à fr. tr. dor. (*Deforge.*)

Exemplaire sur GRAND PAPIER VELIN, avec les figures AVANT LA LETTRE. — Très légères maculatures dans le bas de plusieurs figures.

55. Théâtre de Beaumarchais, avec notices et des notes par Ch. Beauquier : Le Barbier de Séville. Le Mariage de Figaro. *Paris, Lemerre*, 1871-

1872, 2 vol. pet. in-12, portr. gr. à l'eau-forte, br.

De la *Petite Bibliothèque littéraire*.

Un des 50 exemplaires numérotés sur PAPIER DE CHINE (n° 30). Le haut de la couverture du premier volume est déchirée.

56. LA FAMILLE DE L'ANTIQUAIRE, ou la Belle-mère et la belle-fille, comédie en trois actes représentée à Venise pour la première fois dans le Carnaval de 1750. Traduite de l'italien de Goldoni P. M. D. B. C. D. C. D. L. C. D. R. D. B. (de Baguet). *Nimes*, 1783, 1 f. non ch. pour le titre et 180 pp. — La Femme dévote, comédie en trois actes, de M. Gellert, traduite de l'allemand P. M. D. B. C. D. C. D. L. C. D. R. D. B. (de Baguet) *Nimes*, 1783, 1 f. non ch. pour le titre et 100 pp. — Ens. 2 ouvrages en 1 vol. in-4, v. ant. marb. dos orné, fil. tr. r.

CURIEUX MANUSCRIT INÉDIT, d'une écriture très soignée, orné de VINGT-HUIT DESSINS ORIGINAUX au lavis, plus remarquables par leur composition que par leur exécution, mais très intéressants pour la mise en scène, les costumes et la décoration. Ces dessins se divisent ainsi pour chacune des deux pièces : un portrait, un frontispice et 3 figures à pleine page, un fleuron sur le titre, 4 entêtes et 4 culs-de-lampe. L'artiste, embarrassé sans doute pour reproduire le portrait de Goldoni, a copié le portrait de Molière par Coypel.

En tête du volume, à la fin d'un *Avant-propos*, nous relevous le passage suivant qui nous fait connaître le nom du traducteur et celui de l'artiste : *J'ai choisi parmi ses pièces (de Goldoni) celle de la Famille de l'Antiquaire pour la traduire en françois ; je ne me flate pas d'avoir fait passer dans cette langue, les grâces et la finesse de cette agréable composition, mais j'ai voulu me satisfaire, j'ajouterai seulement que les fleurons, les estampes, les vignetes et les culs-de-lampe ont été exécutés par Mlle Rosalie de Baguet, ma nièce, jeune personne de quinze talens qui réunit, aux plus grandes dispositions pour le dessin, les agrémens de l'esprit et de la figure.*

57. HERMAN, TRAGÉDIE ALLEMANDE de Joh. Elias Schlegeln, mise au théâtre par les soins de Joh. Christoph. Gotscheden, traduite en françois, par M. D. B. C. D. C. D. L. C. D. R. D. B. (de Baguet). *A Nismes*, 1785. — La Clémence de Titus, tragédie italienne de l'abbé Pietro Metastasio, romain, traduite en françois par M. D. B. C. D. C. D. L. C. D. R. D. B. (de Baguet). *A Nismes*, 1785. — Ens. 2 ouvrages en 1 vol. in-4, 1 f. non ch. pour le titre du premier ouvrage et 237 pp. v. ant. rac. dos orné, fil. tr. r.

MANUSCRIT INÉDIT du même auteur et de la même main que le précédent et orné de TRENTE-DEUX DESSINS ORIGINAUX au lavis de la même facture, comprenant 2 frontispices avec portraits et 8 figures à pleine page, 2 fleurons sur les titres, 10 en-têtes et 10 culs-de-lampe.

A la fin de la préface, en tête du volume, le traducteur nous apprend que les dessins qui ornent les deux pièces, sont de *Mademoiselle Ninete de Baguet qui réunit à ses talens beaucoup de vivacité dans le caractère, des saillies d'esprit peu ordinaires à son âge, et tout plein d'agrémens sur sa*

*personne. Il ajoute : Je ne veux pas oublier Mademoiselle
Julie de Baguel, sœur aînée de ces trois jeunes demoiselles
qui ont orné de leurs desseins les pièces de théâtre que j'ai
traduites. Son goût l'aiant décidée pour la musique, elle
a parfaitement réussi, elle joue très bien du clavecin... Sa
voix est jolie et se module aisément...*

Voir pour un autre manuscrit du même traducteur le N° 94.

III. ROMANS ET CONTES

58. Les Amours de Daphnis et Chloé. Traduction
de 1782. *A Mithylène (Reims, Cazin)*, 1783,
in-18 tiré in-8, portr. fig. et vignettes, mar.
r. dos orné, fil. dent. int. tr. dor. (*Rel. anc.*)

Édition ornée d'un portrait du traducteur, l'abbé Mulot,
en médaillon avec attributs, et d'une figure gravés par David,
d'en-têtes et de culs-de-lampe non signés.

Un des rares exemplaires sur grand papier de Hollande,
aux armes du chevalier de PIIS, provenance très rare, et
ayant fait partie en dernier lieu de la bibliothèque de M. Van
der Helle dont il porte l'*ex-libris*. Il a été donné par l'abbé
Mulot, bibliothécaire, puis abbé de Saint-Victor, membre de
l'Assemblée législative, prêtre marié, au chevalier de Piis
comme en témoigne l'*ex-dono* suivant écrit de la main de
ce dernier sur un f. de garde et suivi de sa signature : *Ex
Dono, Amici mei, D. F. V. Mulot. Bibliothecarii quondam,
abbatiae regalis sancti Victoris Parisiensis, et nunc ejusdem
abbatiae, magni Prioris, hujusque libri auctoris. — A. P. A.
De Piis.* — La reliure, bien conservée, porte sur les plats,
au-dessus des armoiries, la devise de Piis : *Ad vitam veritas
et amicitia* et est ornée sur le dos et aux angles des plats, de
pommes de pin.

On y a joint : le joli portrait de Piis par Gaucher d'après
François, épreuve remontée, et la suite du frontispice par
Coypel et des 29 figures gravées par Audran d'après le Ré-
gent, de l'édition de 1745 (?)

59. Longus. Daphnis et Chloé, traduction d'Amyot.
Compositions d'Émile Lévy gravées à l'eau-
forte par Flameng. Dessins de Giacomelli gravés sur bois par Rouget et Sargent. *Paris,
Librairie des Bibliophiles*, 1872, in-16, texte
encadré d'un fil. r. vign. mar. r. dos orné, 3 fil.
doublé de mar. bleu, large dent. avec attributs
de l'Amour. (*Cuzin.*)

De la *Collection-Bijou*.
Très bel exemplaire sur PEAU DE VÉLIN portant le nom
imprimé de M. PAUL DU LUC.

60. OEuvres de Maistre François Rabelais, avec
des Remarques historiques et critiques de M. Le
Duchat. Nouvelle édition, ornée de figures de
B. Picart, etc., augmentée de quantité de nouvelles remarques de M. Le Duchat, de celles de
l'édition anglaise des œuvres de Rabelais, de
ses lettres et de plusieurs pièces curieuses et
intéressantes. *A Amsterdam, chez Jean-Frédéric
Bernard*, 1741, 3 vol. in-4, frontispices, portr.
fig. vign. et culs-de-lampe, par B. Picart, Fol-
kema et Du Bourg, mar. r. dos orné, 3 fil. dent.
int. tr. dor. (*Cuzin.*)

La meilleure et la plus belle édition des OEuvres de Rabelais.
Très bel exemplaire.

61. Le Roman comique de Scarron, peint par
J.-B. Pater et J. Dumont le Romain, peintres
du Roi, réduit d'après les gravures au burin de
Surugue père et fils, Benoît Audran, Edme
Jeaurat, Lépicié, G. Scotin, graveurs du Roi, par
M. Tiburce de Mare et accompagné de notes
explicatives par M. Anatole de Montaiglon.
Paris, Rouquette, 1883, gr. in-4, portr. et fig.
br. *couverture*.

Un des 150 exemplaires numérotés sur PAPIER DE JAPON
(n° 136) avec le portrait en double état : avec et AVANT LA
LETTRE et le *tirage à part* de toutes les illustrations du texte
également sur JAPON.

62. LES CONTES DES FÉES, en prose et en vers, de
Charles Perrault. Nouvelle édition, revue et
corrigée sur les éditions originales et précédée
d'une lettre critique par Ch. Giraud, de l'Insti-
tut. *Paris, Imprimerie Impériale*, 1864, in-8,
front. portr. et vign. mar. bleu, dos orné, en-
cadrement et grand milieu dorés sur les plats,
doublé de mar. r. large dent. gardes de moire
rose, tr. dor. étui dos de mar. bleu. (*Galette.*)

Belle édition tirée à 480 exemplaires numérotés (n° 125).
La reliure en maroquin doublé est ornée sur le dos, sur
les plats et à l'intérieur de riches dorures à petits fers et au
pointillé.

63. Mémoires du Comte de Grammont, par An-
toine Hamilton, avec notice, variantes et

index, par Henri Motheau. *Paris, Lemerre,*
1876, pet. in-12, portr. gr. à l'eau-forte, br.

De la *Petite Bibliothèque littéraire.*
Un des 35 exemplaires numérotés sur PAPIER DE CHINE
(n° 5) avec le portrait AVANT LA LETTRE sur CHINE en double
état : en noir et *à la sanguine.*

64. Histoire de Gil Blas de Santillane, par Le
Sage. Vignettes par Jean Gigoux. *Paris, Paulin,* 1835, gr. in-8, texte encadré de **2** fil. noirs,
front. portr. et nombr. vign. sur bois, demi-
rel. mar. r. avec coins, dos orné, fil. tête dor.
non rog. (*Amand.*)

Exemplaire du PREMIER TIRAGE de ce beau livre orné d'un
frontispice, d'un portrait hors texte sur chine volant et d'en-
viron 600 vignettes, fleurons, culs-de-lampe ou lettres ornées,
le tout gravé sur bois par Brevière, Lavoignat, Porret, Thom-
pson, etc., d'après les dessins de Jean Gigoux.

65. LE TEMPLE DE GNIDE (par Montesquieu).
Nouvelle édition, avec figures gravées par N.
Le Mire d'après les dessins de Ch. Eisen. Le
texte gravé par Drouët. *A Paris, chez Le Mire,
graveur,* 1772, gr. in-8, texte gravé, titre gr.
front. renfermant le portrait de Montesquieu,
9 fig. par Eisen, et 1 vign. gr. par Le Mire,
mar. r. dos orné, large dent. sur les plats et
dent. int. tr. dor. (*Trautz-Bauzonnet.*)

Illustrations d'une exécution ravissante comme composi-
tion et comme gravure.
Magnifique exemplaire couvert d'une riche reliure de
Trautz. — La planche de *Céphise* est de PREMIER ÉTAT.

66. Histoire de Manon Lescaut et du Chevalier
des Grieux, par l'abbé Prévost. Édition illustrée par Tony Johannot, précédée d'une notice
historique sur l'auteur par Jules Janin. *Paris,
Bourdin, s. d.* (1839), in-8, fig. mar. bleu, dos
orné à petits fers, 3 fil. dent. int. tr. dor.
(*Petit, succ' de Simier*.)

> Belle édition illustrée de 90 vignettes, culs-de-lampe, titres
> et lettres ornées, d'un portrait-frontispice en camaïeu, de
> deux faux titres imprimés en or et de 18 figures hors texte
> tirées sur chine, le tout gravé sur bois.
> Exemplaire du PREMIER TIRAGE, avec l'*ex-libris* de M. PAUL
> DU LUC.

67. Histoire du Chevalier des Grieux et de Manon
Lescaut, par l'abbé Prévost. *Paris, Lemerre,*
1870, pet. in-12, front. gr. à l'eau-forte, br.

> De la *Petite Bibliothèque littéraire*.
> Un des 50 exemplaires numérotés sur PAPIER DE CHINE
> (n° 21) avec le frontispice sur CHINE en double état : avec et
> AVANT LA LETTRE.

68. La Dernière Avanture d'un homme de qua-
rante cinq ans, (par Restif de la Bretonne). *A
Genève et se trouve à Paris, chés Regnault,* 1783,
2 tomes en 1 vol. in-12, 2 front. et 2 fig. par
Binet, mar. r. dos orné, fil. dent. int. tr. dor.

> Un des chefs-d'œuvre de Restif, que Paul Lacroix, en fai-
> sant abstraction du style, déclare bien supérieur à *Manon
> Lescaut*, sous le rapport de l'intérêt, du pathétique et de la
> vérité.

69. LES LIAISONS DANGEREUSES. Lettres recueillies dans une société, et publiées pour l'instruction de quelques autres, par C*** de L*** (Choderlos de Laclos). *Londres* (*Paris*), 1796, 2 vol. in-8, 2 front. et 13 fig. par Monnet, Fragonard et Mlle Gérard, v. ant. rac. dos orné, fil. tr. dor.

> Exemplaire de la PREMIÈRE ÉDITION sous cette date ; les tranches des volumes ont été redorées.

70. GUSTAVE DROZ. MONSIEUR, MADAME ET BÉBÉ. Édition illustrée par Edmond Morin et ornée d'un portrait de l'auteur en frontispice gravé par Léopold Flameng. *Paris, Havard*, 1878, gr. in-8, fig. br. *couverture illustrée*.

> PREMIER TIRAGE.
> Un des 50 exemplaires numérotés sur PAPIER DE CHINE (n° 17).

71. ŒUVRES COMPLETTES de Mr Gesner. *S. l. n. d.* (*Paris, Cazin*, 1778), 3 vol. in-18, 3 titres-front. portr. et 14 fig. par Marillier, mar. r. dos orné, fil. et fleurons aux angles des plats, tr. dor. (*Rel. anc.*)

> Bel exemplaire du PREMIER TIRAGE portant sur le faux-titre du tome I un *Envoi autographe* signé de M. *Gabriel des Garets* à M. *Baragnon*, accompagné des armoiries de la famille Garnier des Garets, reproduites ici par un timbre sec ; ce timbre est répété sur un f. [de garde des deux autres volumes.

IV. FACÉTIES. — SATIRES. — ÉPISTOLAIRES.

72. Les Bigarrures et touches du Seigneur des
Accords (Estienne Tabourot), avec les Apoph-
tegmes du sieur Gaulard, et les Escraignes
dijonnoises. Dernière édition, de nouveau augmentée de plusieurs épitaphes, dialogues et
ingénieuses équivoques. *A Paris, chez Estienne
Maucroy,* 1662, 2 parties en 1 vol. in-12, portr.
et fig. sur bois, mar. r. dos orné à petits fers
et au pointillé, 3 fil. dent. int. tr. dor. (*Hardy.*)

> Jolie édition et la plus recherchée de ce recueil curieux
> renfermant, avec beaucoup d'érudition, des plaisanteries
> souvent un peu graveleuses. La vignette de la pl. 21 des
> *Rebus de Picardie* est fort curieuse.
> Timbre de la bibliothèque du *C. Douin* sur le titre et ex-
> libris (étiquette) de M. *J. M. Marette* au verso du premier plat
> de la reliure.

73. Les Œuvres de Bruscambille (le comédien
Des Lauriers, champenois), contenant ses fanta-
sies, imaginations et paradoxes, et autres discours comique. Le tout nouvellement tiré de
l'escarcelle de ses imaginations. Reveu et augmenté par l'autheur. *A Rouen, chez Martin de*

La Motte, 1626, pet. in-12, mar. r. dos orné,
3 fil. dent. int. tr. dor. (*V^ᵉ Niedrée.*)

Une des premières éditions collectives de ce recueil de
facéties souvent un peu graveleuses.

---

74. Le Cochon mitré, dialogue. *Paris, de la Typo-
graphie de Panckoucke*, 1850. in-12, vign. sur le
titre, mar. vert, dos orné, fil. dent. int. tête
dor. non rog. (*Capé.*)

Réimpression d'une satire de la fin du xviie siècle, faite
par les soins de M. J. Chenu et tirée à très petit nombre.
Un des 5 exemplaires sur PAPIER VÉLIN ROSE.

75. Charles Monselet. Les Créanciers, œuvre de
vengeance, avec une cruelle eau-forte d'Émile
Benassit. *Paris, à la Salle des Pas-Perdus et
chez René Pincebourde*, 1870, gr. in-8 de vi-
46 pp. front. gr. br. *couverture*.

Un des 25 exemplaires numérotés sur PAPIER TIMBRÉ à 1 fr.
la feuille (n° 18), avec le frontispice en triple état : noir,
bistre et sanguine et 1 f. à part portant imprimé au recto :
Exemplaire de souscription tiré pour M. PAUL DE LUC ; au-
dessous la SIGNATURE AUTOGRAPHE de l'auteur.

---

76. Lettres choisies du Sr de Balzac. *A Amsterdam, chez les Elseviers*, 1656, pet. in-12, titre-

front. gr. mar. r. comp. de fil. à fr. sur le dos
et les plats, dent. int. tr. dor. (*Fock.*)

V. POLYGRAPHES. — OUVRAGES DE
M. OCTAVE UZANNE.

77. OEuvres de Monsieur Scarron. Nouvelle édi·
tion, revue, corrigée et augmentée de l'histoire
de sa vie et de ses ouvrages, d'un discours sur
le style burlesque et de quantité de pièces
omises dans les éditions précédentes. *A Amsterdam, chez Welstein*, 1752, 7 vol. pet. in-12,
portr. fleuron sur les titres et 6 fig. gr. mar.
bleu à long grain, dos orné, petit encadrem.
sur les plats, doublé et gardes de tabis rose,
dent. tr. dor. (*Rel. anc.*)

> Jolie édition, recherchée.
> Bel exemplaire, grand de marges (*témoins*).

78.. OEuvres complètes de Charles Baudelaire.
Paris, Michel Lévy frères, 1868-1870, 7 vol.
in-12, portr. mar. bleu, dos orné à petits fers,
3 fil. dent. int. tr. dor. (*Petit, succ^r de Simier.*)

> Première édition collective.
> Un des rares exemplaires sur papier de Hollande, auquel
> on a ajouté : *Complément aux Fleurs du mal*. Bruxelles, 1869.

79. OEuvres de Gœthe. Traduction nouvelle par
Jacques Porchat. *Paris, Hachette*, 1859-1863,
10 vol. gr. in-8, portr. sur Chine, demi-rel.
mar. La Vall. jans. avec coins, tête dor.
ébarbé. (*Gruel.*)

Exemplaire sur grand papier (n° 73).
Ex-libris : Paul du Luc.

80. L'ÉVENTAIL, par Octave Uzanne. Illustrations
de Paul Avril. *Paris, A. Quantin*, 1882, gr.
in-8, fig. br. *couverture illustrée.*

81. L'OMBRELLE, LE GANT, LE MANCHON, par Octave
Uzanne. Illustrations de Paul Avril. *Paris, A.
Quantin*, 1883, gr. in-8, fig. br. couverture
illustrée dans un cartonnage artistique de
satin rose avec attaches de satin r.

82. Son Altesse la Femme, par Octave Uzanne.
Illustrations de Henri Gervex, J.-A. Gonzalès,
L. Kratké, Albert Lynch, Adrien Moreau et
Félicien Rops. *Paris, A. Quantin*, 1885, gr.
in-8, fig. br. *couverture illustrée.*

83. La Française du siècle. Modes, mœurs, usages,
par Octave Uzanne. Illustrations à l'aquarelle
de Albert Lynch, gravées à l'eau-forte en cou-

leurs par Eugène Gaujean. *Paris, A. Quantin*, 1886, gr. in-8, fig. en couleur, br. *couverture illustrée*, dans un emboîtage spécial de carton japonais, avec attaches de satin grenat.

84. Le Miroir du Monde. Notes et sensations de la vie pittoresque, par Octave Uzanne. Illustrations en couleurs d'après Paul Avril. *Paris, Quantin*, 1888, pet. in-4, pap. vélin de Hollande, fig. en couleur, br. *couverture illustrée*, dans un emboîtage artistique en cuir japonais.

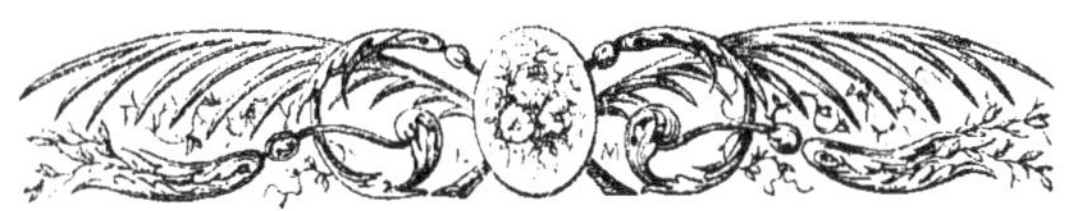

HISTOIRE

I. HISTOIRE ANCIENNE ET MODERNE

. Cornelii Taciti quæ exstant, Marcus Zuerius Boxhornius recensuit, et animadversionibus illustravit. Huic editioni accedunt, præter textus a mendis depurgationem accuratissimam, nova notæ politicæ, nunquam visæ, commentarius in Agricolam, et index locupletiss. *Amstelodami, apud Casparum Commelinum*, 1664, fort vol. in-12, front. gr. mar. r. dos orné, fil. et fleurons aux angles des plats, tr. dor. (*Rel. anc.*)

Exemplaire aux armes et avec l'*ex-libris* de Charles de Baschi, marquis d'Aubais (provenance rare), contenant de nombreuses annotations marginales *manuscrites*, probablement d'un membre de la famille languedocienne, *Rozel*, dont la signature (*Ludovicus Rozellus*) est au bas du frontispice. La reliure, un peu fatiguée, porte sur le dos les armoiries des diverses alliances de la famille Baschi d'Aubais.

86. L'Histoire de France depuis les temps les
plus reculés jusqu'en 1789, racontée à mes
petits-enfants par M. Guizot. Illustrée de gravures dessinées sur bois par Alph. de Neuville,
P. Philippoteaux, E. Ronjat, etc.; 5 vol. —
L'Histoire de France depuis 1789 jusqu'en 1848
racontée à mes petits-enfants par M. Guizot.
Leçons recueillies par Mme de Witt, née Guizot;
2 vol. — *Paris, Hachette*, 1873-1879. — Ens.
7 vol. gr. in-8, nombr. pl. et fig. sur bois, br.
couvertures.

Un des rares exemplaires sur papier de chine. — Taches à
quelques couvertures, celle du tome III manque.

87. Histoire d'Olivier de Clisson, connétable de
France, par A.-D. de La Fontenelle de Vau-
doré, conseiller à la Cour royale de Poitiers,
conservateur des Antiquités de la Vendée, l'un
des éditeurs des Mémoires de Duplessis-Mor-
nay, etc. *Paris, Firmin-Didot*, 1825-1826,
2 vol. in-8, tableaux généalogiques pliés, mar.
r. dos orné et fleurdelisé, large encadrem.
doré et à fr. avec fleur de lis aux angles, dent.
int. tr. dor. (*Vogel.*)

Exemplaire aux armes de la duchesse d'Angoulême, fille
de Louis XVI; provenance rare.

88. Le Renouvellement des anciennes alliances
et confederations des maisons et couronnes de

France et de Savoye en la pacification des troubles d'Italie, et au mariage du serenissime V. Amedee, prince de Piemont avec Madame Chrestienne sœur de Sa Maiesté, par Scipion Guilliet, advocat consist. au Parlement de Dauphiné... *A Paris, chez la vesve Jacques du Clou et Denis Moreau*, 1619, in-4, titre-front. gr. par Matheus, mar. r. dos orné, dent. (*Rel. anc.*)

> Ouvrage orné d'un beau et curieux frontispice avec portraits et armoiries, gravé sur cuivre.
>
> Exemplaire aux armes de François de Riguac, conseiller, procureur général du roi en la Cour des aides de Montpellier. Petites piqûres de vers au haut de la marge des premiers ff.

89. Les Historiettes de Tallemant des Réaux. Troisième édition entièrement revue sur le manuscrit original et disposée dans un nouvel ordre, par MM. de Monmerqué et Paulin Paris. *Paris, Techener*, 1854-1860, 9 vol. gr. in-8, fac-similé, mar. brun, dos orné, 3 fil. dent. int. tr. dor. (*Cuzin.*)

> Bel exemplaire sur GRAND PAPIER.

90. Archives royales de Chenonceau, publiées pour la première fois d'après les originaux et avec une introduction, par M. l'abbé C. Chevalier. *Paris, Techener*, 1862-1866, 5 vol. in-8,

front. gr. mar. r. jans. dent. int. tr. dor. (*Petit,
succ^r de Simier*.)

Exemplaire sur PAPIER DE HOLLANDE.
Pièces historiques relatives à la Chastellenie de Chenonceau sous Louis XII, François Ier et Henry II, Diane de Poitiers et Catherine de Médicis, front. gr. — Comptes des
receptes et despences faites en la Chastellenie de Chenonceau
par Diane de Poitiers, duchesse de Valentinois, dame de
Chenonceau et autres lieux. — Lettres et devis de Philibert
de l'Orme et autres pièces relatives à la construction du
château de Chenonceau, front. gr. — Diane de Poitiers au
Conseil du Roi. Episode de l'histoire de Chenonceau sous
François Ier et Henry II, 1535-1556. — Debtes et créanciers
de la Royne mère Catherine de Médicis, 1589-1606.

91. Histoire du Beaujolais et des Sires de Beaujeu,
suivie de l'armorial de la province, par le baron
Ferdinand de La Roche La Carelle, chevalier
des Ordres de la Légion d'Honneur et de Malte.
Lyon, Imprimerie de Louis Perrin, 1853, 2 vol.
gr. in-8, titres avec *armoiries coloriées*, pl. en
noir et en couleur et nombr. blasons, chag. r.
dos orné, comp. de fil. dorés et à fr. tr. dor.

Ouvrage publié avec luxe et tiré à petit nombre.

92. Histoire générale de Languedoc, avec des
notes et les pièces justificatives: Composée sur
les auteurs et les titres originaux, et enrichie
de divers monumens. Par deux religieux béné-
dictins de la congrégation de S. Maur (Claude
de Vic et Joseph Vaissette). *A Paris, chez*

Jacques Vincent, 1730-1745, 5 vol. in-fol. pl.
et vign. gr. mar. brun, dos orné, 3 fil. dent.
int. tr. dor. (*Amand.*)

Très bel exemplaire de la PREMIÈRE ÉDITION d'une des meilleures histoires particulières de nos provinces.

93. Histoire de la Province d'Alsace depuis Jules
César jusqu'au mariage de Louis XV, roy de
France et de Navarre, avec des figures en
taille douce, des plans, des cartes géographiques et un recueil de pièces qui peuvent
servir de preuves aux faits importants... par le
R. Père Louis Laguille, de la Compagnie de
Jésus. *A Strasbourg, chez Jean Renauld Doulssecker*, 1727, 3 parties en 1 vol. in-fol. à 2 col.
front. cartes, plans et pl. gr. mar. r. dos orné,
fil. et comp. à la Du Seuil, dent. int. tr. dor.
(*Petit, succ^r de Simier.*)

Bel exemplaire.

94. CAMPAGNES DES PRUSSIENS contre les
Autrichiens, les Saxons, les Russes et les Suédois (de 1756 à 1762) précédées de trois discours
préliminaires sur l'état et les causes de cette
guerre. Traduit de l'allemand (par M. de

Baguet). *A Nismes*, 1772, 7 vol. in-4, v. ant. marb. dos orné, fil. tr. r.

TRÈS IMPORTANT MANUSCRIT sur la *Guerre de Sept ans*, comprenant en tout plus de 2500 pp. et orné de QUATRE-VINGT-ONZE DESSINS ORIGINAUX au lavis (portraits à pleine page, fleurons, en-têtes et culs-de-lampe) très curieux et assez bien exécutés par un artiste dont le monogramme, D. F. P., figure au bas du portrait de la p. 98 du tome VI.

Ce manuscrit est de la même main que ceux décrits sous les nᵒˢ 56 et 57. Sur le faux-titre du tome IV on trouve collé un morceau de peau de vélin sur lequel on lit : *Monsieur de Baguet, Colonel d'Infanterie à Nîmes.*

95. L'Histoire d'Angleterre depuis les temps les plus reculés jusqu'à l'avènement de la Reine Victoria, racontée à mes petits-enfants par M. Guizot et recueillie par Madame de Witt, née Guizot. Illustrée de 83 et 116 gravures dessinées sur bois. *Paris, Hachette*, 1877-1878, 2 vol. gr. in-8, fig. et vign. sur bois, br. *couvertures.*

Un des rares exemplaires sur PAPIER DE CHINE.

II. NOBLESSE. — ARCHÉOLOGIE

96. Les Statuts de l'Ordre du Sᵗ Esprit, establyᵉ par Henri IIIᵐᵉ du nom, Roy de France et de Pologne au mois de décembre l'an M. D.

LXXVIII. *S. l.* (*Paris*), *de l'Imprimerie Royale,*
1703, in-4, titre gr. et vign. par Séb. Le Clerc,
v. f. ant. dos orné d'un semis de flammes de
l'Ordre alternant avec des fleurs de lis, dent.
armes de France entourées du collier de l'Ordre
au centre des plats et le St Esprit dans un car-
touche aux angles, tr. dor.

Exemplaire réglé ; petites restaurations à la reliure.

97. La France chrétienne, ou Estat des arche-
vêchez et évêchez de France ; leur scituation
(*sic*), leur distance de Paris, le nom des cathé-
dralles, et de leurs 1^{rs} Evêques, le nombre de
ceux qui les ont possédé et le blason de ceux
qui les possèdent à present (par Jacques Chevillard). *Paris, Chevillard et Gournay, s. d.*
(*vers* 1692), pet. in-4, titre, texte et blasons gr.
v. r. dos orné, fil. tr. dor. (*Rel. anc.*)

Ouvrage entièrement gravé comprenant 4 ff. non ch.
pour le titre-frontispice, la dédicace, un avis et le Privilège,
90 ff. ch. d'armoiries et un titre pour la partie comprenant
les *Généraux des Ordres religieux français*...(fol. 83) et 4 ff.
non ch. pour la table ; tous ces ff. sont imprimés au recto
seulement.

Bel exemplaire avec le titre-frontispice et les blasons soi-
GNEUSEMENT COLORIÉS.

98. Catalogue des noms, surnoms, faits et vies,
des connestables, chanceliers, grands maistres,
admiraux et mareschaux de France : Ensemble

des prevosts de Paris, depuis leur premier établissement, jusques à très-haut, très-puissant et très-chrestien Roy de France et de Navarre, Henry IIII. Œuvre premièrement composé et mis en lumière par Jean Le Feron, et depuis reveu, corrigé et augmenté en ceste presente edition. Avec la figure et blason de leurs armoiries. *A Paris, par Fed. Morel, Imprimeur ordinaire du Roy*, 1598, 6 parties en 1 vol. in-fol. avec un titre particulier pour chaque partie, nombr. blasons et lettres ornées en couleur, mar. r. comp. de fil. sur le dos et sur les plats, tr. dor. (*Rel. anc.*)

Exemplaire réglé et avec les blasons, les ornements typographiques et les lettres ornées, TRÈS SOIGNEUSEMENT PEINTS EN OR, ARGENT ET COULEURS, à l'époque du livre.

99. Armorial des Etats de Languedoc, par M. Gastelier de La Tour. *Paris, Vincent*, 1767, in-4, blasons gr. mar. citron à long grain, dos orné, 3 fil. tr. dor. (*Rel. anc.*)

Ouvrage recherché, renfermant de nombreux blasons dont un grand nombre ne se trouvent que dans ce volume.

Bel exemplaire avec les blasons COLORIÉS.

---

100. Monumens de la Vie privée des douze Césars, d'après une suite de pierres gravées sous leur règne (par d'Hancarville). *A Caprées, chez Sa-*

bellus (*Nancy, Leclerc*), 1780, in-4, front. et 50 pl. gr. du genre spintrien, v. ant. écaille, dos orné, fil. tr. dor.

ÉDITION ORIGINALE.

101. Monumens du culte secret des Dames romaines, pour servir de suite aux monumens de la Vie privée des douze Césars (par d'Hancarville). *A Caprée, chez Sabellus* (*Nancy, Leclerc*), 1784, in-4, front. et 50 pl. gr. du genre spintrien, v. ant. marb. dos orné, fil. tr. dor.

ÉDITION ORIGINALE.

III. BIBLIOGRAPHIE

102. Le Livre et la petite bibliothèque d'amateur. Essai de critique, d'histoire et de philosophie morale sur l'amour des livres, par M. Gustave Mouravit. *Paris, Aubry, s. d.* (1869), in-8, mar. olive, dos orné, 3 fil. dent. int. tr. dor. (*Cuzin.*)

Ouvrage tiré à petit nombre.
Exemplaire sur PAPIER DE HOLLANDE.

103. L'ART DE LA RELIURE EN FRANCE aux derniers siècles, par Edouard Fournier. *Paris, Gay,* 1864, in-12, pap. vergé, mar. orange, dos et plats avec comp. en mosaïque de mar. vert et ornés

de riches dorures à petits fers et au pointillé,
dent. int. tr. dor. étui de chag. orange jans. en
forme de livre (*Cuzin.*)

SUPERBE EXEMPLAIRE d'un livre tiré à petit nombre et devenu rare (N° 291). Il est couvert d'une charmante reliure, d'une exécution admirable, faite à l'imitation des reliures de Le Gascon et qui peut être considérée comme un des chefs-d'œuvre de Cuzin.

104. MANUEL DU LIBRAIRE et de l'Amateur de
livres... par Jacques-Charles Brunet. Cinquième
édition originale entièrement refondue et augmentée d'un tiers par l'auteur. *Paris, Firmin-
Didot,* 1860-1865, 6 tomes en 12 vol. gr. in-8 à
2 col. demi-rel. mar. La Vall. avec coins, tête
dor. ébarbé. (*Amand.*)

Bel exemplaire interfolié de papier blanc auquel on a ajouté le portrait de J.-Ch. Brunet par G. Staal tiré sur CHINE.

105. Dictionnaire de Géographie ancienne et
moderne à l'usage du libraire et de l'amateur
de livres... par un Bibliophile (Pierre Des-
champs). *Paris, Firmin-Didot,* 1870, gr. in-8 à
2 col. demi-rel. mar. brun avec coins, tête dor.
ébarbé.

Bel exemplaire sur GRAND PAPIER.

106. Bibliothèque des Autheurs, qui ont escrit
l'histoire et topographie de la France, divisée
en deux parties, selon l'ordre des temps et des

matières. Seconde édition, reveuë et augmentée
de plus de deux cens historiens, par André Du
Chesne, géographe du roy. *A Paris, chez Sébas-
tien Cramoisy*, 1627, in-8, mar. brun jans.
dent. int. tr. dor. (*Gruel.*)

107. Bibliographie historique et critique de la
Presse périodique française, ou Catalogue systé-
matique et raisonné de tous les écrits pério-
diques de quelque valeur publiés ou ayant
circulé en France depuis l'origine du journal
jusqu'à nos jours... Précédé d'un essai historique
et statistique sur la naissance et les progrès de
la presse périodique dans les deux mondes, par
Eugène Hatin. *Paris, Firmin-Didot*, 1866, in-4
à 2 col. portr. demi-rel. mar. brun avec coins,
tête dor. ébarbé.

Bel exemplaire sur Grand Papier.

108. La France littéraire, ou Dictionnaire biblio-
graphique des savants, historiens et gens de
lettres de la France, ainsi que des littérateurs
étrangers qui ont écrit en français, plus parti-
culièrement pendant les XVIII⁰ et XIX⁰ siècles...
par J. M. Quérard. *Paris, Firmin-Didot*, 1827-
1839. 10 tomes en 20 vol. in-8 à 2 col. demi-
rel. mar. grenat avec coins, tête dor. ébarbé.
(*Amand.*)

Bel exemplaire sur Grand Papier, interfolié de papier

blanc, auquel on a ajouté le portrait de J.-M. Quérard par
G. Staal tiré sur CHINE.

109. Henry Cohen. Guide de l'Amateur de livres
à gravures du XVIIIe siècle. Cinquième édition,
revue, corrigée et considérablement augmentée
par le Baron Roger Portalis. *Paris, Rouquette,*
1886, gr. in-8 à 2 col. pap. vélin, br. *couver-*
ture.

Épuisé et devenu rare.

SOCIÉTÉ DES AMIS DES LIVRES

ABOUT (Edmond). Les Mariages de Paris. *Paris, Imprimé pour les Amis des Livres par A. Lahure*, 1887, in-8, front. et vign. par Piguet, gr. sur bois par Huyot, br. *couverture.* emboîtage et étui en papier japonais.

> Édition publiée par les soins de M. Cherrier et tirée seulement à 115 exemplaires numérotés (nᵒ 65) sur PAPIER DE CHINE avec le *tirage à part* des vignettes et le frontispice en deux états.

111. AUMALE (Le duc d'). Les Zouaves et les Chasseurs a pied. Illustrations de Charles Morel gravées sur bois par Cl. Bellenger, Léveillé, Noël, Paillard. *Paris, pour la Société des Amis des Livres (Imprim. Lahure)*, s. d. (1896), gr. in-8, front. et nombr. fig. br. *couverture illustrée.*

> Édition publiée par les soins de M. Henri Béraldi et tirée seulement à 123 exemplaires numérotés (nᵒ 64).

112. BALZAC. Eugénie Grandet, par H. de Balzac. Ouvrage orné de 8 sujets dessinés par M. Dagnan-Bouveret et gravés à l'eau-forte par M. Le Rat. *Paris, Imprimé pour les Amis des Livres, par Motteroz,* 1883, gr. in-8, fig. br. *couverture.*

Édition publiée par les soins de M. Eugène Paillet et tirée seulement à 120 exemplaires numérotés (n° 65), avec les figures en double état : EAUX-FORTES PURES et avant la lettre, sur papier de Chine.

113. BOUFFLERS (S. de). Aline, Reine de Golconde, conte, par le chevalier Stanislas de Boufflers. *A Paris, gravé et imprimé pour la Société des Amis des Livres (par Quantin),* 1887, in-8, titre, texte et vignettes gr. et en couleur, br. *couverture.*

Édition publiée par les soins de M. Octave Uzanne et tirée à 115 exemplaires numérotés (n° 64), dont 75 réservés aux membres de la Société. Elle est ornée d'eaux-fortes d'après Lynch, gravées au lavis par Gaujean.

114. DIDEROT. Jacques le Fataliste et son maître, par Diderot. Douze dessins de Maurice Leloir gravés à l'eau-forte par Courtry, de Los Rios, Mongin, Teyssonnières. *Paris, Imprimé pour les Amis des Livres par G. Chamerot,* 1884, gr. in-8, front. fig. et vignettes, br. *couverture.*

Édition publiée par les soins de M. Henri Béraldi et tirée seulement à 138 exemplaires sur papier du Japon numérotés (n° 64), avec le *tirage à part* des vignettes et les figures en double état : AVANT LA LETTRE et EAUX-FORTES PURES. On y a joint les 2 planches refusées, également en double état.

115. FIÉVÉE (Joseph). LA DOT DE SUZETTE, avec notice biographique inédite. Illustrations par V. Foulquier. *Paris, Imprimé pour les Amis des Livres par Chamerot et Renouard*, 1892, in-8, vignettes, br. *couverture ornée de fleurs en couleurs.*

Édition publiée par les soins de MM. Abel Giraudeau et Jean Paillet et tirée seulement à 115 exemplaires numérotés (n° 64), avec le *tirage à part* des vignettes en double état dont l'EAU-FORTE PURE.

116. MUSSET (A. de). LORENZACCIO, DRAME, par Alfred de Musset. Décoration d'Albert Maignan. *Paris, pour la Société des Amis des Livres (Impr. Lahure)*, 1895, in-8, vignettes en couleur, cartonn. souple couvert de soie brochée, non rog. *couverture illustrée.*

Édition publiée par les soins de M. Rodrigues et tirée seulement à 115 exemplaires numérotés (n° 65) sur PAPIER DE CHINE.

117. PARIS QUI CRIE. PETITS MÉTIERS. Notices par Albert Arnal. — Henri Spencer Ashbee. — Jules Claretie. — Abel Giraudeau. — Henry Houssaye. — Henri Meilhac. — Victor Mercier. — Eugène Paillet. — Jean Paillet. — Roger

Portalis. — Eugène Rodrigues. — Préface par Henri Béraldi. Dessins de Pierre Vidal. *Paris, Imprimé pour les Amis des Livres, par Georges Chamerot*, 1890, in-8 carré, fig. br. *couverture illustrée*.

Ouvrage publié par les soins de M. Eugène Paillet et tiré à 120 exemplaires numérotés (n° 64). Il est orné d'un frontispice et de 30 figures au trait coloriées à la main.

118. VIGNY (A. de). SERVITUDE ET GRANDEUR MILITAIRES, par le comte Alfred de Vigny. Dessins de H. Dupray gravés à l'eau-forte par Daniel Mordant. *Paris, Imprimé pour les amis des Livres, par A. Lahure*, 1885, gr. in-8, front. fig. et vignettes, br. *couverture*.

Édition publiée par les soins de M. Henry Houssaye et tirée seulement à 121 exemplaires numérotés (n° 63) sur *papier du Japon* avec le frontispice et les figures en triple état : avant la lettre, AVANT TOUTES LETTRES *avec remarques* et EAUX-FORTES PURES, plus le *tirage à part* des vignettes du texte en double état, dont l'EAU-FORTE PURE.

119. VOLTAIRE. Les Vous et les Tu, Épître de M. de Voltaire ornée de lithographies à la plume par Fraipont. *Paris, Imprimé pour les Amis des Livres*, 1883, in-8, fig. br. *couverture*.

Imprimé à 80 exemplaires, non mis dans le commerce, avec le *tirage à part* des lithographies sur PAPIER DU JAPON.

120. ZADIG, OU LA DESTINÉE. Histoire orientale, par Voltaire. *Paris, Imprimé pour les Amis des Livres, par Chamerot et Renouard,* 1893, gr. in-8, fig. en couleur, br. *couverture.*

Édition publiée par les soins de MM. Eugène Paillet, Abel Giraudeau, Armand Billard et tirée seulement à 115 exemplaires numérotés. Elle est ornée de 8 jolies figures gravées en couleur par Gaujean, d'après les dessins de F. Rops, J. Garnier et A. Robaudi.

Exemplaire n° 64, contenant les *vingt-neuf planches des tirages successifs* des illustrations de ce volume.

OBJETS DE CURIOSITÉ

TABLEAU ANCIEN

ÉCOLE HOLLANDAISE DU XVIIᵉ SIÈCLE

PORTRAIT DE JEUNE FEMME.
Vue en buste vêtue d'une riche robe
jaune avec garniture de dentelle et
collier de perles.

Toile. — Haut. 63 cent. — Larg. 53 cent.

FAIENCES ET PORCELAINES ANCIENNES

122 (2). Jardinière, ou porte-bouquet en ancienne
faïence de Niederwiller, décorée de marines en
camaïeu rose et bande verte.

123 (3). Cage cylindrique sans fond avec couvercle en ancienne faïence de Marseille, com-

plètement ajourée et décorée en rouge et vert
avec petits médaillons à paysages.

124 (4). Deux petites statuettes en ancienne porcelaine de Saxe; décorées en couleurs : *Jardi-
nier* et *Jardinière*.

125 (5). Petite statuette en ancienne porcelaine
de Saxe décorée en couleurs : *Amour dansant*.

126 (6). Statuette en ancienne porcelaine de Saxe,
décorée en couleurs : *Joueur de flûte*, sur socle
carré.

127 (7). Petit groupe en ancienne porcelaine de
Saxe, décorée en couleurs : *Deux enfants jouant
avec une chèvre*.

128 (8). Petit groupe semblable au précédent
avec variante dans le décor.

129 (9). Statuette en ancienne porcelaine de
Saxe : Homme couché près d'une urne et figu-
rant un *Fleuve*.

130 (10). *Huit pots à sorbets* à anse et piédouche
en ancienne porcelaine tendre de Mennecy-
Villeroi, décorés en couleurs de guirlandes de
fleurettes reliées par des nœuds de rubans.
(Marque en creux.)

131 (11). Grande tasse, dite *trembleuse*, avec couvercle et présentoir en ancienne porcelaine tendre de Mennecy-Villeroi décorée en couleurs de paysages animés de figures et de rayures en bleu et or. L'anse de la tasse est faite d'un branchage et le couvercle est surmonté d'un bouton de rose. (Marque en creux.)

132 (12). Vase couvert à piédouche, en ancienne porcelaine tendre de Vincennes à fond bleu marbré et quatre réserves blanches, dont deux sur le couvercle et deux sur la panse, encadrées d'arbustes fleuris et feuillages, ornées d'oiseaux en dorure.

133 (13). Grand plat de forme octogonale en ancienne porcelaine de Chine décorée en émaux de couleurs. Époque *Kang-hi*.

OBJETS DIVERS

134 (14). Tabatière ovale en argent ornée sur le dessus d'un émail. XVIIᵉ siècle.

135 (15). Tabatière en argent ornée sur trois faces d'émaux à sujets animés. XVIIᵉ siècle.

136 (16). Flambeau à tige balustre en fer incrusté d'argent. XVIIIᵉ siècle.

MEUBLES ANCIENS

137 (17). Bureau plat à quatre faces, de forme contournée, en bois de placage, ouvrant à cinq tiroirs. Il est orné de poignées, chutes, sabots et autres ornements en bronze. Époque Louis XV. Dessus de maroquin.

Long. : 2 mètres. — Larg. : 95 cent.

138 (18). Paire de meubles encoignures en bois de placage, ouvrant à une porte encadrée de feuillages en bronze. Ils portent l'estampille du maître ébéniste *Dubois*. Époque Louis XV. Dessus de marbre.

TABLE DES DIVISIONS

HISTOIRE

Paris. — Typ. Philippe Renouard, 19, rue des Saints-Pères — 46813